EXPÉDITION

DES

ARMÉES DES QUATRE PUISSANCES ALLIÉES

CONTRE L'EMPIRE DE RUSSIE

Jusqu'à la prise de Sébastopol.

Par M. ***

AU PROFIT DE L'ARMÉE D'ORIENT.

Prix, 75 c.

Ce petit monument élevé en l'honneur et au profit des braves qui combattent avec tant d'abnégation, restera-t-il sans effet? — Non! la gloire qu'ils ont acquise rayonne sur tout leur pays. La France n'est pas ingrate. Il n'est pas un fonctionnaire, pas un cœur français qui ne veuille concourir à une bonne œuvre.

A Pontoise, chez DELALY-ROCHEREUIL, libraire.

1855.

EXPÉDITION

DES

ARMÉES DES QUATRE PUISSANCES ALLIÉES

CONTRE L'EMPIRE DE RUSSIE

Jusqu'à la prise de Sébastopol

Par M. ***

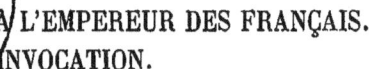

A L'EMPEREUR DES FRANÇAIS.
INVOCATION.
AUX COURONNES ALLIÉES.
LE DÉPART.
AU CZAR NICOLAS.
AUX OTTOMANS.
AUX PIÉMONTAIS.
AUX ARMÉES DE FRANCE ET D'ANGLETERRE.
RÉFLEXIONS.
MORT DU CZAR NICOLAS.
D'EUPATORIA A SÉBASTOPOL.
AUX TOMBEAUX.

IMPRIMERIE DE DUFEY, A PONTOISE.

1855.

A L'EMPEREUR DES FRANÇAIS.

Prince, permettez-vous que ma plume débile
Élève jusqu'à vous mes pensers imparfaits?
Un poëte formé sous une muse habile
Peut dire, je le sais, mieux que moi vos bienfaits;
Mais saura-t-il jamais, plus que mon cœur, comprendre
Votre amour filial et votre piété,
Le culte si profond que votre âme sait rendre
A cet illustre chef par nous tant respecté :
Napoléon-le-Grand, dont le vaste génie,
De ses fiers ennemis toujours si redouté,
Dans ce pays heureux ramena l'harmonie,
Et vous marqua le trône où vous êtes monté.
Vous entourez aussi votre sceptre de gloire
Par vos soins généreux, par vos nobles travaux;
Et la France vous aime, en vous elle sait croire :
Prince, n'avez-vous pas mis un terme à ses maux?
Si la guerre aujourd'hui fait répandre des larmes,
Vous l'avez combattue en repoussant son nom;
Bientôt, nous l'espérons, vos invincibles armes
Feront taire les feux du terrible canon.
La victoire avec vous n'est point ambitieuse,
Elle est humaine et sage, et ne veut de lauriers
Si la cause n'est pas au pays glorieuse,
Si l'honneur ne rayonne au front de ses guerriers.
La paix, l'aimable paix éloigne les alarmes,
Sous elle le bien-être adoucit le malheur;
Dans un labeur constant le peuple voit des charmes,
Et les arts protégés complètent le bonheur.

INVOCATION.

Roi des cieux, protége nos armes
Pures de toute ambition.
Un prince nous dit ses alarmes,
Nous défendons sa nation.
Contre une injuste tyrannie,
Nos sentiments sont généreux,
Quand l'égoïsme nous dénie
Un vœu de paix, un sort heureux.

Seigneur, nous ouvrons le beau livre
Où tes pensers sont exprimés ;
Doucement il apprend à vivre
Aux humains de ton cœur aimés.
Imbus d'une sage maxime
Nous suivrons ta divine loi ;
Que ton amour toujours anime
Le feu sacré de notre foi !

Guidés par ta volonté sainte
Nos pas seraient toujours certains ;
Que ta voix éloigne la crainte
Et nous apprenne nos destins.
Oh ! que ta puissance suprême,
Qui pénètre le fond des cœurs,
Trouve chez nous l'esprit qu'elle aime
Et nous dise : Soyez vainqueurs !

AUX COURONNES ALLIÉES.

Honneur et gloire au prince auguste
Qui veut le bonheur d'un état !
Heureuse la nation juste
Que ses œuvres couvrent d'éclat !
Les sceptres sont grands et prospères,
Les peuples courageux, puissants.
Si les enfants aiment leurs pères,
Si les rois aiment leurs enfants.

Lorsque du prince le génie
S'inquiète pour notre bien,
Qu'une aimable et sainte harmonie
Resserre encore un doux lien.
Les cœurs attirés l'un vers l'autre
Font les visages souriants ;
L'esprit qui vient s'unir au nôtre
Nous rend toujours plus confiants.

L'âme a toute son énergie,
Le peuple est un puissant faisceau ;
Le pilote voit la vigie,
Sans danger marche le vaisseau.
Le charme de la sympathie
Rend joyeux les trônes dorés,
Au loin sa douceur ressentie
S'exhale à flots de leurs degrés.

Cependant aux lointains parages
La guerre allume son courroux ;
Mais Dieu préserve nos rivages
De sa fureur et de ses coups.
Nos glaives, forts de la justice,
A cette heure ne sont tirés
Que pour ruiner l'artifice
Des czars contre nous conjurés.

Si nos armes victorieuses
Nous font une honorable paix,
Les conquêtes injurieuses
S'évanouiront pour jamais.
Alors dans nos foyers tranquilles,
Oubliant la guerre et ses maux,
Au milieu de nos champs fertiles
Nous jouirons de nos travaux.

LE DÉPART.

Ils partent les fils de la France
Unis aux enfants d'Albion,

Pour punir l'insigne arrogance
Et l'outrageuse ambition.
D'un tyran plus jaloux qu'Achille
Humilions la vanité,
Opposons, selon l'Évangile,
La justice à l'iniquité.

L'humaine voix de deux monarques
Dispose leurs fiers bataillons ;
Le Russe en connaîtra les marques
Au champ d'honneur où nous brillons.
Pleine d'une juste colère,
Quand mille bouches tonneront,
Chaque escadre, brave et célère,
Vengera sur l'heure un affront.

Oui, pour la gloire de la terre
Triomphez, généreux guerriers,
Invincibles vous ferez taire
De superbes aventuriers.
L'orgueil veut dominer le monde
Et se croit roi de l'univers,
Prouvez-lui son erreur profonde,
Sur lui-même rivez ses fers.

Chevaliers, une cause sainte
Vous assure d'heureux succès ;
Vous les verrez frémir de crainte
Ces durs ennemis de la paix.
Victoire fidèle et chérie,
Couronne des fronts immortels ;
Toi, reconnaissante patrie,
Élève à tes fils des autels.

AU CZAR.

Despote, à l'état d'esclavage
Si tu réduis ta nation,
Crois-tu qu'un dégradant servage
L'enchaîne à ta dévotion ?

S'il est contraint de rendre un culte
A l'oppresseur qui s'en grandit,
Le peuple qu'un pouvoir insulte
Dans son cœur froissé le maudit.

L'orgueil déborde de ton âme,
Tu crois à ta divinité :
Les mortels sont faits pour la rame,
Leur vie est une impureté.
Ton être seul ici recèle
Le feu sacré du Créateur ;
Nous, privés de cette étincelle,
Procédons-nous du même auteur ?

Remonte vers les temps antiques,
Dis-nous si tes premiers aïeux,
Sous les plus fastueux portiques
Montraient un sceptre à tous les yeux ?
Les guerriers firent les couronnes ;
La rage en souilla les fleurons.
De flots sanglants tu t'environnes,
C'est ta gloire !... nous l'abjurons.

Est-ce là ton orthodoxie,
Est-ce ton droit sur le saint lieu ?
Si ton âme ainsi l'apprécie,
Tu méconnais la loi de Dieu !
Sourd à sa divine maxime,
Toute d'amour, de charité,
Loin d'avoir en horreur le crime,
Tu l'appelles l'autorité.

Si vaste que soit ton empire
Il ne suffit plus à ton nom ;
Tu veux que le Bosphore expire
Sous le feu de ton saint canon.
Deux rois de cette hypocrisie
Contiendront l'impudent courroux,
A ta fiévreuse frénésie
Ils opposeront des verroux.

L'Europe entière te regarde,
Et juge ta fausse vertu;
Contre ta ruse elle est en garde,
Tu seras par elle abattu.
La grandeur n'est point ton partage,
Tu feignais d'être généreux;
Prince vain, de ton héritage
Tu poursuis le plan malheureux.

Dans notre camp sont en présence
La justice et la vérité;
Toutes les voix sont pour Byzance,
Là se trouve la loyauté.
Alors que le Ciel nous inspire,
Sonde ta conscience, ô czar!
Il doit subsister cet empire:
N'appartient-il pas à César?

Gloire à l'Angleterre, à la France,
Leur concours était commandé.
Le Sultan vit en assurance,
Bien que tu l'eusses condamné.
Dieu protégera le courage,
Nous avons pour nous l'équité;
Toi seul amoncelles l'orage,
Par lui tu seras emporté.

Les arts et la riche industrie
Florissaient depuis quarante ans;
Pourquoi ta fâcheuse patrie
Change-t-elle ces heureux temps!
Sa haine n'a point raison d'être,
Nos sentiments sont tous humains.
Tu le reconnaîtras peut-être,
Alors nous te tendrons les mains.

AUX OTTOMANS.

Oui, vous êtes toujours les fils de Soliman,
Qui donna tant d'éclat à l'empire Ottoman.
Abdul-Medjid vous aime, il chérit sa patrie;
Turcs, vous lui répondez en montrant Silistrie.

Le Danube étonné nous apprend vos succès;
Vous ne redoutez point des ennemis l'accès.
Leur nombre dédaigneux accroît votre courage,
Partout nous vous trouvons faisant tête à l'orage.
L'œil pénétrant et fier, on voit Omer Pacha,
Dont la valeur jamais un instant ne broncha,
Imprimer son élan à sa vaillante armée
Et soutenir ainsi sa haute renommée :
Devant Oltenitza, vainqueur audacieux,
Il triomphe partout des Russes furieux.
Fidèles compagnons, votre gloire est la nôtre ;
Notre fortune aussi n'est-elle pas la vôtre ?
Notre abri c'est l'Euxin, à nous occidentaux,
Le vôtre est dans nos cœurs, braves orientaux.
Ensemble poursuivons le but de la victoire,
Le monde le connaît. Qui feint de n'y pas croire ?
Un seul peuple, ou plutôt un injuste agresseur,
Qui pèse autour de lui du poids d'un oppresseur.
Nos yeux sont éclairés : L'ambition dirige
Des rêves si brillans et si pleins de prestige.
A la force opposons l'esprit de nation,
La grandeur et le droit à la présomption.
Le même Dieu nous voit, nous conduit, nous protége,
Chacun, selon sa foi, sa pompe et son cortége,
Le reconnaît, l'honore et lui soumet ses vœux,
Une saine morale a toujours ses aveux.
Vous suivez le Coran; nous, les saints Évangiles :
Le Ciel sait les mortels incertains et fragiles.
Les humains répandus sur ce riche univers
Marchent vers le Seigneur par des chemins divers :
Au sein de Dieu peut-il exister une haine ?
Non, il unit les cœurs dans sa main souveraine.

AUX PIÉMONTAIS.

Généreux Piémontais, membres de la famille
    Dévouée à la liberté,
Vous entrez dans nos rangs où votre étendard brille
    De l'éclat de sa pureté.

Vos nobles cœurs toujours élèvent la patrie
    Qui se signale aux nations ;
Les sentiments si grands de la fière Italie
    Nous montrent ses émotions.

Oh, que le monde entier vous aime et vous admire,
    Apôtres de l'humanité !
Votre cœur se révolte en songeant qu'un empire
    Impose la servilité.

Sur ces champs où les czars dressent des hécatombes,
    Périssons ou soyons vainqueurs.
La gloire a ses martyrs ; mais de leurs dignes tombes
    Surgissent d'éternels honneurs.

Votre roi vous bénit, enfants de la Sardaigne,
    Confiant dans vos bataillons ;
Vous voulez avec lui que la victoire éteigne
    Le feu caché des bastions.

Lamarmora, guidant une solide armée,
    Est impatient des combats,
Couverts de gloire, il veut, aux champs de la Crimée,
    De son roi montrer les soldats.

Ensemble vaillamment l'Angleterre, la France,
    Et la Turquie et le Piémont,
Combattront au flambeau de la douce espérance,
    Invoquant de Dieu le saint nom.

Dans leur sincère amour pour de sages couronnes,
    Que troublent d'affligeans malheurs,
Les peuples se diront : Czar, toi seul nous les donnes
    Ces calamités et ses pleurs.

Abandonnons nos cœurs au Dieu de la justice,
    Qui juge les pensers humains.
Nous sommes innocents de tout lâche artifice,
    Sans souillure montrons nos mains.

AUX ARMÉES DE FRANCE ET D'ANGLETERRE.

Qu'ils sont grands ces guerriers à la gloire conduits,
  Et dont les bataillons réduits,
  Devant d'innombrables colonnes,
  Soutiennent deux nobles couronnes
  Que de hauts faits vont embellir.

Ils portent dans leur cœur l'amour de la patrie;
  En défendant cette mère chérie
Leur courage éprouvé peut-il jamais pâlir?
Tous ces jeunes héros, au mépris de la vie,
  Combattent pour la liberté.
A ce beau dévoûment leur culte les convie;
Ils sont sous l'étendard par l'honneur exalté!

Un brave est-il atteint, son âme généreuse
En s'envolant sourit à son dernier succès.
Si notre cœur s'émeut d'une mort valeureuse,
Nous inscrivons un nom dans les fastes français.

Lorsque le même sort vint aussi le surprendre,
Saint-Arnaud préludait au grand drame guerrier;
Cependant de sa main il cueillait le laurier
  Qui devait illustrer sa cendre.

Alma, tu fus sa palme!... Au Russe épouvanté
  Il fit sentir sa noble épée;
Chacun de ses soldats est un preux redouté,
Et la ligne ennemie est de terreur frappée.

  Plus loin, voyez les bataillons anglais:
Lord Raglan, dans sa marche assurée et stoïque,
  Conduit sa phalange héroïque
  Contre des rangs nombreux, ardents, épais;
  Il les poursuit, les atteint, les culbute;
  De toutes parts l'ennemi fuit:
Le triomphe est complet dans cette horrible lutte
Avant que le soleil ait fait place à la nuit.
Pourtant le camp médite encore une autre chute.....
Il s'avance, déjà la victoire le suit.

Un point sanglant apparaît sur la carte ;
C'est le champ glorieux qu'on appelle Inkermann.
Là, la France suivit l'art du grand Bonaparte,
Comme l'eût fait jadis Kléber ou Kellermann.
D'un génie inspiré peut-être la grande ombre
    Accompagnait nos étendards ;
De ses aigles pour nous multipliant le nombre,
Nos drapeaux flotteront sur de fameux remparts.

Canrobert, lord Raglan, intrépides émules !....
Mais des grandes valeurs en était-il de nulles ?
Que nous sert de citer ? Ne doit-on pas savoir
Qu'à l'heure tout le monde a bien fait son devoir ?

Nous, Français à l'humeur haute et chevaleresque,
Notre élan dispersait la rude soldatesque,
Qui, confuse, fuyait pour regagner ses murs.
Pour elle ces abris seront-ils longtemps sûrs ?

De la grande Albion vous enfants toujours dignes,
    Un contre six, dans ces luttes insignes
N'avez-vous pas prouvé pour la vingtième fois
Que votre bras puissant peut réduire aux abois ?....
Désormais le dédain atteindra-t-il nos signes ?

Arrête, Menschikoff ! Que nos soldats du moins
    Te montrent leurs fronts sur la plage ;
Nos marins, qui toujours éloignés du rivage,
    Croyaient répondre à tes besoins,
N'ont jamais exploré qu'un océan sauvage.
Pourquoi tous ces vaisseaux dans les passes coulés,
    Qui, légers, détruisaient Sinope ?
N'ont-ils plus pour soutien la foi de leur grand pope ?
Que font ces mâts honteux dans le port exilés ?

    Salut ! redoutables armées,
    Invincibles dans l'union !
    Salut ! marines animées
    D'une honorable ambition !

Bomarsund défia vos flottes vengeresses ;
 Ses grands ouvrages sont détruits.
 Que sont de vaines forteresses ?
 Sur vous les Russes sont instruits.
 Marins, vous quittez vos navires,
 Les yeux enflammés de courroux ;
 Mais déjà je vois vos sourires :
 Vos frères comptent sur vos coups.
 Allez, et partagez leur gloire ;
 Les cœurs sont brûlants sur ce sol ;
 Voyez-vous courir la victoire
 Aux remparts de Sébastopol ?

 Vous qui dormez dans une paix profonde,
 Réveillez-vous, héroïques aïeux ;
 Reparaissez un instant dans ce monde,
 Sur vos enfants jetez encor les yeux.
Si vous applaudissez à leur patriotisme,
Et si vous souriez à leurs nouveaux exploits,
Ils auront hérité de vous ce beau civisme
 Et compris vos plus saintes lois.

Reportons nos regards sur ces nobles victimes
 Qu'emporte le foudre brutal.
Ces grands morts ont acquis nos regrets légitimes ;
Notre deuil unira leurs noms au jour fatal ;
 O patrie, Angleterre et France !
 Vous, pleines de reconnaissance
 Envers des fils qui ne sont plus,
Ensemble du dieu Mars admirez les élus ;
Leur belle fin a dit au Czar votre puissance !

Si tous les demi-dieux ont droit à des autels,
Que des marbres gravés au burin de l'histoire
 Illustrent la mémoire
 De ces chers immortels.
Amour, fidélité, dévoûment et vaillance
Furent les éléments de vie et de bonheur
 Des combattants tombés au champ d'honneur ;
 Sentiment, sois leur récompense.

RÉFLEXIONS.

L'ambition sans frein, c'est la lèpre du monde;
Les peuples maintenant l'ont en horreur profonde.
Un superbe pouvoir, tranchant d'Agamemnon,
Croyait que les échos, en répétant son nom,
Ébranleraient des rois les timides couronnes;
Qu'autocrate, il devait subjuguer tous les trônes.
Mais l'occident s'écrie : Il est temps d'entraver
Ce colosse qui tend toujours à s'élever.
La France et l'Angleterre ont posé la barrière;
Il ne portera pas au-delà sa frontière.
Son dessein est connu, son but est réprouvé,
Et le Turc frémissant en armes s'est levé.....
Fils de Pierre-le-Grand, prends garde à ton prestige,
Tes peuples, Nicolas, doivent croire au prodige.
Si ton sceptre brillant se ternit à leurs yeux,
Si tu n'es plus pour eux l'être mystérieux,
Ces fronts humbles, soumis par ta seule puissance,
Seraient bientôt honteux de leur obéissance.
Nos sages lois, nos mœurs et notre dignité
Leur feraient entrevoir la douce liberté.
L'ardente passion conduit à la ruine;
Un fleuron te tentait : ton doigt touche une épine.
Plus sage ou moins altier, tu pouvais réfléchir,
Ta grandeur invitait ton esprit à fléchir.
Tu tombes aujourd'hui devant une alliance
Où ta ruse voulait semer la défiance.
Pour l'Europe, elle veut la paix et le bonheur :
C'est là son seul désir, sa gloire et son honneur.

MORT DU CZAR NICOLAS.

Ce grand tyran n'est plus !... sa voix impérieuse
A cessé d'animer la haine furieuse.
Son âme impitoyable en de cruels combats,
Va dire à Dieu quel fut son mobile ici-bas.
Alors qu'il est soumis à l'arbitre du monde;
Contre lui désormais n'employons plus la fronde.
Il a quitté la terre, où fut tout son pouvoir;

Faisons silence, humains, tel est notre devoir.
Sa patrie a changé comme son existence;
Là-haut, tout dépouillé de son omnipotence,
Aux yeux du Créateur c'est un simple mortel
Éclairé du flambeau qui luit sur son autel.
L'illusion terrestre au Ciel n'est plus permise;
Le voile est déchiré; pour l'âme compromise
Il n'est plus de refuge en cet instant fatal :
Tout est dans la balance, et le bien et le mal.
Grand Dieu, qui présidez aux destins de la terre,
Permettez qu'attristé des fautes de son père,
Alexandre se dise : Effaçons une erreur,
Et montre sous le sceptre un auguste Empereur.
Et tout le peuple heureux de ce nouveau bien-être,
Dans le jeune héritier salûrait un doux maître.
Que ton cœur élevé soit sans préventions,
Vis en paix, Alexandre, avec les nations.
De ton esprit toujours élargis les limites,
Connais le siècle enfin. Crois que, si tu l'imites,
Ton pays florissant sous ton règne admiré,
D'un beau titre bientôt, Czar, t'aura décoré.
Dans les progrès humains on rencontre la gloire,
Son noble asile est là, de l'aveu de l'histoire.

D'EUPATORIA A SÉBASTOPOL.

De superbes vapeurs et de puissants navires
Vont déposer l'airain aux bords de deux empires.
D'intrépides guerriers montent tous ces vaisseaux
Qui bientôt sont mouillés dans de lointaines eaux.
Vers Eupatoria, la flotte qui s'avance,
Voit le trouble soudain qu'apporte sa présence.
Notre abord sur ce point prenait au dépourvu
Les Russes stupéfaits de ce plan imprévu.
Sur la plage déjà nous plantons nos bannières;
Ces rives sont pour nous calmes, hospitalières.
En force vers l'Alma l'ennemi s'est rangé;
Nos braves avant peu l'en auront délogé.
Ses grosses légions, ses lignes formidables,
Ne sauraient arrêter nos soldats indomptables.

Serait-il devant nous un seul camp fortifié
Que le Russe assailli ne cédât terrifié?
Que d'abnégation dans ces cœurs pleins de zèle!
On dirait que Borée, en leur prêtant son aile,
Les transporte d'un bond au sommet du côteau
Où ces brillants vainqueurs arborent leur drapeau.

Par un épais brouillard qu'étend encor la brise,
Liprandi contre nous projette une surprise.
En guerre les moyens ne lui font pas défaut :
Cinq guerriers contre un seul!.. quel honorable assaut!
Il croit lire déjà son heureuse victoire
Au feuillet que pour lui doit écrire l'histoire;
Mais un songe n'est pas une réalité,
Le seul fait accompli nous dit la vérité.
Balaclava, choisi par ce rude adversaire,
Sera le champ d'honneur où ce chef téméraire
Veut délivrer soudain le port, Sébastopol,
De la Tauride, enfin, rendre libre le sol.
Que l'espoir est trompeur! D'une grande journée
C'est pour nous qu'a sonné l'heure si fortunée.
Où sont tous ces soldats, ces Cosaques du Don?
On n'entend plus la voix du funèbre canon....
Libres, allons goûter le repos sous la tente.
Tromperas-tu longtemps, Liprandi, notre attente?
Accorde-nous bientôt la faveur des combats,
C'est par eux que la paix doit nous ouvrir ses bras.

Inkermann! Est-ce donc ce lieu de la Crimée
Où doit s'anéantir une alliance armée?
Lord Raglan, Canrobert, soldats aventureux!
Non. Braves et prudents, ils doivent être heureux.
Tes escadrons puissants et décuples des nôtres,
Te flattaient, Menschikoff; tu nous croyais tout autres.
Cependant, devant eux nous avons combattu;
Dis-nous de quel côté se trouve la vertu?
Aujourd'hui ton ardeur est toute défensive,
Tes ressources pourtant peuvent bien l'offensive :
Qu'importe, s'il nous faut devant Sébastopol
Te montrer que nos cœurs soutiennent bien leur vol.

Les guerriers d'Albion, comme ceux de la France,
Confiants dans leurs chefs, marchent pleins d'assurance.
On aperçoit bientôt dans l'espace brumeux
Ses formidables murs, ses remparts si fameux.
Les jalons sont posés, la ligne se déploie,
A son poste chacun se retranche avec joie.
Dispos, nous attendons le Russe ambitieux;
Que peuvent contre nous ses rêves furieux?
L'œil en feu, qu'il accoure en opposant ses forces,
Ou que sa ruse invite à de noires amorces,
Ses efforts seront vains. Nos valeureux soldats
Lui diront ce qu'ils sont dans de pareils combats.
A qui nous provoqua, nous le disions naguère,
Notre but est la paix. Pourquoi vouloir la guerre?

L'Europe est attentive, elle a sur nous les yeux.
Russes, combattez-nous à la clarté des cieux.
Quoi! dans l'obscurité vos colonnes cachées
Ne vont qu'à nous surprendre au sein de nos tranchées!..
Quelque grande que soit de vos masses l'ardeur,
Ici de nos drapeaux nous conservons l'honneur.
Nos armes poursuivront le siége de la place;
Notre zèle est constant et jamais ne se lasse :
Ces soldats, ces marins savent gagner le vent,
Alors qu'ils font un pas, c'est toujours en avant.
Venez sur ce terrain où le courage appelle,
Tentez, Russes si fiers, une épreuve nouvelle?

Canrobert loin de lui rejette le repos.
La fatigue peut-elle arrêter un héros?
Il doit pourtant céder à la parole amie
Qui lui dit : Obéis, rentre dans ta patrie.
A tes côtés je vois un illustre guerrier,
Ton ami dans le camp, le brave Pélissier.
A ce nom si connu, le soldat sacrifie
L'orgueil de son épée à la France chérie.
Modeste, il veut pourtant que son glaive tiré,
De tous au second rang soit toujours admiré,

Son honneur le conseille à son âme élevée ;
Qu'une gloire à son nom soit encor réservée !
Féconde en grands soldats, la France, de tous temps,
Sut au jour du danger montrer ses combattants ;
Dût la lutte durer au siége dix années,
Ils sauront accomplir ses hautes destinées !

Où le sort fatal frappe il ne peut rien troubler,
Le vide de lui-même a paru se combler.
Au suprême moment la mort d'un pas recule,
Et le vainqueur d'Alma dit à son digne émule :
France et Napoléon ! à tout esprit loyal !...
Ton grand cœur, Canrobert, à mon cœur est égal.
Encor là, lord Raglan, ce preux de l'Angleterre,
A peine a-t-il quitté la glorieuse terre,
Que de son fier coursier, le généreux arçon,
Est soudain occupé par le brave Simpson.
Toujours à l'ennemi, toujours nous ferons face,
Le pays, le devoir ont marqué notre place.

Ah ! n'est-ce pas assez, dis-le nous, Gortschakoff,
Que de nous voir couvrir toute la mer d'Azof ?
La Tauride est à nous. Les mèches allumées
N'arrêtent plus les pas de nos braves armées.
Tout cède à leur courage ; et leur beau dévoûment
En face du danger s'accroît à tout moment.
Renonce, Gortschakoff, oh ! renonce à nous vaincre.
Nos preuves désormais peuvent bien te convaincre :
De Kertch à Génitchi, de l'ouest à Taganrog
On voit nos fiers vaisseaux détruire fort ou dock.
La mer blanche, l'Euxin et les ondes Baltiques
Reflètent de nos mâts les couleurs sympathiques.
Nous sommes sous vos murs, Pérécop, Odessa,
Ne connaissez-vous point le destin d'Anapa ?

Mais non, faisons cesser ces luttes acharnées !...
Les humains n'ont-ils plus d'heureuses destinées ?
Si la pitié parlait au cœur de votre roi,
Si de l'Être Suprême il écoutait la loi,

Russes, vous n'auriez pas quatre mers désolées,
Et par nos seuls vaisseaux depuis longtemps foulées.
Nos habiles marins et nos vaillants soldats
N'appellent pas sur vous ces funestes combats;
Dans ces fâcheux instants l'honneur seul est leur guide,
De votre sang, non, non, leur fer n'est point avide.
Moscovites, la paix dont nous sommes jaloux
Habite la Néwa; dirigez-la vers nous.
Oui, nous l'accueillerons, nous connaissons ses charmes,
Et soudain à ses pieds elle verra nos armes.
Puisse ce sentiment parler à votre cœur
Comme il se montre à nous respirant le bonheur!

De la paix avec nous activant la conquête,
Nous te trouvons toujours, victoire, à notre tête.
Tu regardes la France et tu vois Albion,
Heureuses de former une sainte union.
Le courage te plaît, tu veilles sur leurs armes;
La valeur à ta voix ne connaît point d'alarmes,
Et tu l'aimes sur tout quand pour elle est le droit,
Quand son but est d'atteindre un despotisme étroit.
Impatients d'agir, ces enfants de Neptune
Rendent grâces à Dieu, propice à leur fortune;
Ces marins dévoués, à la mer aguerris,
S'ils ne montraient leur cœur se sentiraient flétris;
Mais leur ardent amour conserve la mémoire
Des faits de leurs aïeux, si saisissants de gloire.
Victoire, par leur feu tu brûles Swéaborg,
Et plantes avec eux les couleurs de leur bord.
Déjà de Bomarsund les murailles détruites
Montraient à l'ennemi l'effet de nos poursuites;
Tremblant pour ses vaisseaux, et caché dans ses forts,
Il croyait se soustraire à nos puissants efforts.
A votre mère heureuse, et sur vous attendrie,
Offrez vos beaux succès, soldats de la patrie.
Hommage à nos marins, à Dundas, à Pénaud,
Qui portent du pays l'honneur encor plus haut!

Le voilà, Gortschakoff!.. ses colonnes s'élancent;
Voyez ces cavaliers qui sur leur flanc s'avancent!..

Vengeur de Liprandi, pour la seconde fois
Il tente contre nous de plus heureux exploits.
Ses masses de soldats, comme d'épais nuages,
Semblent nous menacer d'effroyables orages.
De l'heure d'Inkermann souvenons-nous, enfants,
Du combat de Traktir sortons tous triomphants.
Jurons-en par nos cœurs et par notre bannière,
Ces nombreux ennemis, couchés sur la poussière,
Sauront que le courage est un sentiment saint,
Nourri par le civisme il ne peut être atteint.
Vieux comme l'Angleterre et vieux comme la France,
Bien loin de s'appauvrir il est plein d'espérance ;
La Sardaigne le porte, et ses drapeaux flottants,
Tels que nos étendards aux progrès sont constants.
Du Russe c'en est fait ; au choc de nos armées
Il cède le terrain. Phalanges alarmées,
Courez vous abriter sous le canon des forts,
Et serrez vos marins dans le fond de vos ports....
La gloire n'est point là ; son champ est un champ libre,
Un horizon étroit émousserait sa fibre.
Accourez contre nous, montrez-vous valeureux,
Et nous dirons : Honneur aux soldats malheureux !
Si dans vos camps émus tombe cette parole,
Elle vous dit nos vœux et n'a rien de frivole.

Un devoir rigoureux nous appelle à l'assaut.
Sois humain, Gortschakoff, ici parle moins haut.
N'assume pas sur toi les plus affreux désastres,
Rends, nous t'en conjurons par le Ciel, par ses astres,
Cette place où gémit tout un monde martyr !
Il t'implore à genoux ; voudrais-tu l'engloutir ?
Si tu crois au Dieu bon, conserve-lui la vie,
Pour la dernière fois notre cœur t'y convie.
Écoute, Gortschakoff, Simpson et Pélissier ;
Au signal convenu leur redoutable acier
Appellerait sur tous d'effroyables tempêtes ;
Ou, soudain renonçant aux sanglantes conquêtes,
Chacun à son pays dirait avec bonheur :
La paix va satisfaire à la gloire, à l'honneur.

Si ta sage raison peut agir sur ton maître,
La guerre loin de nous va fuir et disparaître.
La France et l'Angleterre ensemble font ce vœu :
Le sang de leurs enfants est un horrible enjeu !
Ah ! tout en admirant des cœurs si magnanimes,
Leurs regards attristés tombent sur les victimes.
Quels sinistres éclairs, que de bronzes tonnants !
Lutte du désespoir, que d'efforts surprenants !..
Soit que l'astre du jour ou s'élève ou s'abaisse,
Un déluge de feu, de sa vapeur épaisse,
Obscurcit ses rayons et le camp tout entier.
Cependant l'ennemi n'aura point de quartier :
L'impétueux soldat vers la brèche s'élance :
Malheur à qui s'oppose à sa funeste lance ;
Tête baissée, il fond à pas précipités,
Arrive-t-il au but, mille coups sont portés.
De tous côtés s'anime un extrême courage,
Qu'accompagnent toujours le frisson et la rage ;
Le meurtre affreux rougit le sol, l'homme, le fer,
Abominable jour, épouvantable enfer !...
Tel qu'un torrent fougueux descendu des montagnes,
Dévaste en un clin d'œil les plus riches campagnes,
Tel l'obus fulminant, de ses flancs pleins d'horreur
Jette dans tous les rangs la mort et la terreur !...

Par intervalle encore au loin le canon tonne....
Le silence se fait ; on s'empresse, on s'étonne ;
Un signe est déployé !.. mot providentiel,
Es-tu celui d'Iris que nous lisons au Ciel ?

Ces rivaux du moment au cœur plein de courage,
N'en déplorent pas moins cette lutte sauvage.
Un sang si généreux pouvait être épargné,
Si l'orgueil eût été par la raison gagné.
Mais tel est cet esprit chez le vieux moscovite,
Alors qu'on le pénètre et qu'il voit qu'on l'évite,
Sa jalouse fureur se montre à tous les yeux,
La sagesse pour lui ne descend plus des cieux.
A ses durs appétits il faudrait satisfaire,
Le laisser à son gré bouleverser la terre ;

Entendre cet aveu, que son dernier soldat
Sera sacrifié dans un dernier combat.

Les voilà donc les fruits de tes pensers intimes !..
Alexandre, entends-tu les cris de ces victimes
Dont l'espoir renaissait en prononçant ton nom.
Ta plume à tous nos vœux dira-t-elle encor : Non !
Ton esprit fier se pose en orgueilleux Alcide,
Et croit que contre nous ton vouloir seul décide.
Nous nous opposerons à tes sombres écarts ;
Les vois-tu triomphants ces nobles étendards ?
Le Ciel est avec nous, la victoire nous mène !...

Le carnage a cessé. Trève pour l'âme humaine.
Enlevons ces blessés, secourons les mourants,
Essayons d'appaiser des cris si déchirants.
En Dieu tous ces guerriers ne sont-ils pas nos frères ?
Que l'amour du prochain efface ces misères.
La guerre, hélas ! la guerre ici les a portés,
Déplorables combats, tristes calamités !...
Meurtris et désarmés, ces preux, amis sincères,
Savent se rendre entre eux tous les soins nécessaires.

Que sont-ils devenus ces terribles remparts !
Regardez ces débris sur tout le sol épars.
Bellone sous son feu les a démantelées
Ces menaçantes tours dans les airs crénelées.
Leur présence attestait l'esprit d'hostilité
Qui les fit ériger contre la liberté.
Cependant, le dieu Mars saisit son noble glaive,
Il appelle la France et la France se lève,
Se montre à l'Angleterre, et deux rois réunis
Confondent leurs drapeaux par Minerve bénis.
La sagesse elle-même applaudit à la guerre,
Dans l'espoir d'arrêter un tyran téméraire,
De qui la main avide et prompte à posséder,
Croyait qu'en l'étreignant un état dût céder.
Mais d'un roi l'intérêt autrement en ordonne,
A juste titre il doit conserver sa couronne ;
Le peuple également toute sa majesté,
Qu'il défend avec droit, dans sa noble fierté.

Soldats si courageux, oui, sous toutes les faces,
De vos nobles travaux nous admirons les traces;
Et nous louons le Ciel qui tous les a bénis,
Et prêta son secours à vos soins infinis.
Si fiers et si vantés, ces vainqueurs de la terre,
Qui sous leurs dures lois la rendaient tributaire,
Alexandre ou César, les Grecs ou les Romains,
Comptaient-ils plus que vous des exploits surhumains?
Sauvages dans leurs mœurs, à leur char de victoire
Ils enchaînaient les rois et ternissaient leur gloire.
La guerre s'animait au souffle de l'orgueil,
Et la vanité seule ouvrait un grand cercueil.
Mais votre tâche est pure, elle est une, elle est belle,
Aux décrets du Seigneur votre cœur est fidèle :
Vous protégez le faible en punissant le fort,
Qui d'un paisible état avait juré la mort.
Honneur aux grands guerriers au sublime courage,
De l'univers entier qu'ils reçoivent l'hommage !

AUX TOMBEAUX.

O vous qui renfermez de si nobles courages,
Que le feu de la guerre a sitôt moissonnés,
    Tombeaux, sommes-nous condamnés
      A ne point quitter nos rivages?

Puissiez-vous être un jour par nos mains décorés
      D'une digne fleur d'immortelle!..
Une larme profonde, hélas! suffirait-elle
      A des hommages si sacrés?

Qu'ils vivent dans nos cœurs avec toute leur gloire !
    Nos sentiments seront des fleurs
    Toujours humides de nos pleurs,
    Toujours fraîches de leur mémoire.

Ces tertres de lauriers ne sont-ils pas couverts?
O ! patrie ! entretiens leurs rameaux toujours verts,
    Avec les pleurs de la victoire.

Ils sont déjà les héros de l'histoire,
Ces mortels généreux, ces dévoûments si beaux !
De leurs fiers étendards consulte les lambeaux :
    A l'honneur ils disent de croire.

    ' Tous ensemble formons ce vœu :
    De la cendre de leur patrie,
Si nous pouvions sur eux semer un peu !...
    Au bruit léger de la terre chérie
Ils se raṅimeraient, ces morts que nous pleurons ;
Joyeux, ils se diraient : France, grâce infinie !
Qu'il est doux ce parfum, toujours nous l'aimerons !